# 鶴と発《た》つ

OKAMOTO Mari
岡本眞理

文芸社

目次

# 鶴と発《た》つ

# 序章

鈍色に光る、ひんやりとした冷たいドアノブの鍵穴にキイを挿し込み押し開くと、鳥が碧天へと一気に羽音を立てて飛び立つように、花菜子の心は勢いよく、自由に解き放たれる。

そこは、特別養護老人介護施設の、職員通用門であった。

内と外から施錠する仕組みの扉は、部外者侵入を阻むため、勤務時間をシフト制に組まれた全職員に鍵を持たされている。閉ざされた世界への通門証を持ち始めて何年目になるのだろうか。そのように、濃密な刻は、留まることなくひたすら流れた。

その、特別養護老人介護施設の名を「ハッピネス幸苑《ゆきえん》」という。

苑は、市中の喧騒から逃れた、比較的平坦な山の上に建てられていた。バス路線から外れた、いろは坂のような道が、小高い丘陵の山へと続いていた。

昔は、鉄の町と呼ばれていた、北九州の地である。

この施設は、老いを迎え、また、病を得て、身寄りがなく、あるいは家族がいたとしても、多様な理由をつけて送り込まれてくる老人たちの、終の棲家である。最近の一年間における新生児の誕生は、九十万人を切ったとメディアは伝えた。高齢化社会へと向けられた、夥しい支払い請求書を抱え込んだような構造だと花菜子は思えてならない。

花菜子が、この閉ざされた世界に身を置いたきっかけは、同窓、華子の手紙だった。

花菜子さんへ
花菜、お久し振り。織姫と彦星じゃあるまいし、もっと頻繁に会いたいな。

先週の金曜日の夜、ゼミのみんなと飲み会がありました。

嫌になるくらいよくあります。いつも避けてます。しかし今回は、教授と今後のことを話し合うために出ました。

平塚先生といいます。御歳六十八。六十三まで九州大にいたそうです。

物理学を専攻して東大に入ったのに、途中で文学に変更したという変わった先生。

聞くところによると、学生運動に挫折したということのようです。

やさしくて親切な教え方をされます。

花菜も一緒に、指導を受けませんか？　あの楽しかった修士時代を再現したい。
勝手ばかり言ってごめんね。
では、夜も更けました。ともあれ、年が明けたら会いましょう。
楽しみです。おやすみなさい。
華子より

＊

亮のひとりごと
「えっ、何だって、博士課程だって。嘘だろっ」
花菜子の突然の申し出に、私は思わずこう返した。花菜子、私のワイフ、連れ合いだけど、彼女にはいつも驚かされてばかりだ。
正直、眩暈がする。七年前もそうだった。

「決めたの。大学、受験する」

花菜子の手のひらには、しっかりと受験票が収まっていた。

「明日試験会場までいいかな？」

明日だって？

私は、しばらく何も言えずに、呆気に取られてしまい、花菜子の小さな白い顔と、あまり大きくはない茶色っぽい瞳をただ見つめるだけだった。花菜子に「ね、お願い」と、言われるとなぜか駄目だと言えない、脆弱でひ弱な私がいた。

翌日、試験会場まで送る羽目になった私は、花菜子よりはるかに若いというより、蒼い現役の学生たちの群れに圧倒されてしまった。思わず、私は叫んでいた。

「花菜、もう無理だよ。このまま帰ろう」

花菜子はたじろがなかった。むしろ、その制服姿の受験生たちの群れを見て、

「わあっ、すっごく多いわね。若い人たち、肩も背中も光ってる、可愛いね」

と、この状況を楽しんでおり、そのうえ闘志満々であった。

正直、私は花菜子には心底舌を巻いていた。花菜子は、いつだってぶれたりしないのだ。

学士四年、修士二年、花菜子は散々学生時代を楽しんだはずだ。それなのに、また博士課程とのたまうのか？

同期の華子と一緒に博士号を取りたいって？　それは、無理な話だろう。

還暦も過ぎ気ままに花菜子と旅行を楽しもうと思っていた矢先のことだった。

落ち着かなくてはならない。高い背もたれのレザー張りの肘掛け椅子に、深々と座りなおした私は、リビングのサイドボードに見慣れぬクラフト細工の額を見つけた。花はスミレだろうか。甘やかな春らしい花束の中心に、聖書が開かれていた。

「温《あたた》かい思いやり、親切《しんせつ》、謙遜《けんそん》、温和《おんわ》、
辛抱強《しんぼうづよ》さを身《み》に着《つ》けましょう
引《ひ》き続《つづ》き互《たが》いに我慢《がまん》し、寛大《かんだい》に
許《ゆる》し合《あ》いましょう」

（『聖書　新世界訳』　コロサイのクリスチャンへの手紙3：12‐13より）

亮は、あの時、なぜあの六年間を許したのか、分からぬまま反芻していた。

＊

「好きなようにすればいいさ、私には選択肢がなかった」

考えてみれば、親父が亡くなり、その二年後、母を看取った後の春だった。親父はマッチ棒のように細くて軽かったが、母は布袋和尚のように腹囲も立派な身体つきであった。病院に入ることも嫌がり、入退院を繰り返した両親を、花菜子は家で面倒をよく看てくれた。あの頃私は、仕事人間で家に帰るのも夜遅く、花菜子の愚痴を聞く暇もなかった。

花菜子から亮へ

亮のおかげだよ。あの日、親友となった華子と出会えたのも。華子は丸めがね掛けて、オカッパだった。素晴らしい才能を秘めた人。やっかんだりしてないよね。いつも華子のこと誉めたりするとつむじ曲げてたもの。

たくさんありがとう。あなたの宙のような、大きな心に感謝しています。
でも、やはり、華子と博士課程行きたいよ。千載一遇のチャンスだと思う。
私、パートに出て学資稼ぎます。亮には、六年間も面倒見てもらったから。
これ以上負担掛けたくないし。ね、お願い。亮、許してください。

# 春

## コロナ禍の春

春の昼下がり、柔らかな日差しが、窓越しに燦々と館内に降りそそいでいた。面接を終えると、あらかじめ用意されていたらしく就業規則を事務長がテーブルに置いた。

「これで決まりですよね。で、いつから来ていただけますか？　櫻井さん」

館内を案内された時、事務長の、間を置かず就労を急いだ理由が花菜子にも分かった。

苑内は、芝で覆われた小高い丘陵の庭を囲むように、馬蹄の形をした三階建ての造りで、二百床を有している。

三々五々、お茶のひとときを楽しむお年寄りたちの傍《そば》で、業務用の大きなワゴンに、山のように溢れた、洗濯済みの衣類が、窓際に寄せられていた。

ちょうど乾燥が終わったばかりなのであろう。遠目から見ても、介護士が仕分けしながら畳んでいる日溜まりの辺りは、きらきらと春の陽を射抜く、充満した未だ熱気のこもった衣類の塵のそれであった。

「ワゴン、三階へ移動お願いします。二階洗濯物終わりました」

二階の館内中、響き渡るほどの大きな声であった。

明らかに、女子介護士のその声は苛立っていた。テーブルに畳んで置かれた衣類は、まるで子供たちが粘土細工で遊んだ後であるかのように積み上げられている。

洗濯室は一階、厨房を中庭で隔てた、奥まった一角にあった。

ドラム式洗濯機、大中合わせて三台、これまた巨大な乾燥機が一台、この一室が、花菜子の仕事部屋となるのだった。

その作業室の掲示板には、赤文字で大きく「フェイスシールド装着」と表示された紙が貼られていた。

令和四年　一月　二十五日～
新型コロナウイルス感染状況推移によって嘱託医から指示があるまで

看護職員、環境・技術職員、常時装着
介護職員、常時装着
入浴介助時、居室入り口に設置しているフックにシールドをかける。
浴室内介助時は、外して可。
浴室から出る際は、再度装着のこと。

掲示板にはこう書かれていた。

「今、大変ですよ。コロナの時代ですから。くれぐれも感染に気をつけてください。そして苑の利用者さまに感染が拡がらぬよう、宜しくお願い致します」

事務長は、花菜子にフェイスシールドを手渡しながら、鼻からずり落ちたマスクを引き上げ笑顔で、

「明日から来ていただけるなんて、助かりますよ。介護士たちは畳み方を知らない子が多くて大変でしたから」と言った。

花菜子から亮へ

今日はありがとう。シャンペンはとっても美味でした。ピッツア、ゴルゴンゾーラのリゾットも。マリネサラダの鯛も。これから、また随分とご迷惑かけます。どうぞ宜しくお願いします。

でも、食べてばかりでごめん。あまり話さなかったね。心配してる?

亮のひとりごと

まったく、天然さんだね。誰も思いつかないことを、お前ってやつはしてしまうのだから。いつでも辞めちゃいな。私が心配なんかするはずないだろ。無理なんかするんじゃないよ。

沸々と　泡立ちており　シャンペンの
コロナ禍故か　君の棘ありて

# 故郷のナベヅル

花菜子が生まれたのは、母の実家であった。昔、平家の落人が移り住んだような奥深い山村の佇まいの中で、ひと際目立つ二階建ての離れもあり、庭もあった。戦後の混乱期から徐々に復興への兆しが見え始めたころである。母は、十一人兄妹の末っ子で、長子と親子ほど年の差があり、兄たちから溺愛されて育った。身を寄せた実家も、兄たちが異国の満州で一旗上げ、勢いの良いときに購入したものであった。

山間の村、冬の時期には、さほど美しくはないと思われたか、田んぼで啼く蛙と同様に、飛来しても人目を引くことのないナベヅルを、花菜子は間近に見て育った。

拙い足どりで近寄ると、一斉に勢いよく羽音を立てて、厳冬へと向かう晩秋の蒼い空へと舞った。花菜子の瞳には、一羽一羽がなんと大きく、神聖なものに見えたことだろう。そして、あのように大きな鳥が空を自由に飛べることに驚き、幼い瞳を見開いた。

鶴は、幼い花菜子の目にも、美しいとは映らなかった。頭と首は白いけれど、羽ばたく羽もからだも同様に、灰黒色で薄汚く見える。頭頂部は薄紅色をしていたが、花菜子が大人に長じた折、頭頂部の皮膚が露出して紅く見えることを知った。

今、世界でナベヅルの生息数は、一万五、六千羽程度と言われ、ロシアと中国の国境を流れるアムール川流域、中国東北部、北の地域で繁殖し、秋から冬へと、そのほとんどが鹿児島の出水《いずみ》地域で越冬している。然し、その生態は分かってはいない。同じ鶴は鶴でも、昭和初期、絶滅に瀕したタンチョウヅルは、その美しさ故に吉祥の鳥として研究の対象となり、その繁殖に寄与した。

けれど、あの白き雪原に舞う、朱の冠を戴く美しきタンチョウヅルより、未だ物心つかぬときのナベヅルとの出会いは、新鮮で身近なものであり、高く蒼き空へと羽ばたく鳥の王者として、神秘的な存在であった。しかも、ナベヅルの飛来は厳しい冬の到来を意味しており、幼いながらも季節の使者として、五感で感じ取っていた。

ナベヅルの鹿児島への飛来数が増えたことは、嬉しいことだと、花菜子は常々思っている。それと同時に、哀しくも思っている。花菜子が生まれた村に、鶴が訪れなくなって久しいからである。

と言うのも、里山の尾根を今、高速道路が縦横に走る時代となっていた。

幼少期を、過ごした村は、秋、黄金色に染まる。今も、あの芳しい大気を五感に秘めている。あの頃、里は棚田の稲作が主流であった。村民挙げての、稲刈りのあと、脱穀され、残った稲の茎は束ねられ陽に干された。その藁は、高々と立てられた棒を支柱として、稲架《はさ》に掛け、幾重にも積み上げられた。それらは、円筒形の形をしていてあたかもサイロのように、何棟も点々と、田圃に展開していた。それが夕焼けに染まり、黄昏時の冷気とともに身震いするほど美しかったのを、パノラマのように記憶している。

十月の半ば過ぎ頃、朝夕寒暖の差も大きく、露が霜となる頃、鶴は、やって来た。幼鳥もいた。湿田の落穂や、ちいさなミミズなど、小動物をえさにするのである。

ナベヅルが、冬場、羽を休める此の地は、山からの湧き水が村を潤していた。田畑への用水も、家の前、道路沿いを流れる川も、先人たちの成せる治水のおかげであった。

今でも手のひらに、夏場のひんやり冷たかった山水の感触を思い出すことがある。美しく澄んだ柔らかな流れ。川底も石組みで敷かれており、年に何回か川洗いという掃除が決め事だった。両側に下りる事が出来るように、何箇所か下り場が出来ていた。その洗い場で、採れた西瓜を冷やしたり、野菜を洗ったり、洗い物も、お隣さんとしていた。よく叱られながら、背中に負われて、粗相して汚れたおむつを、母が洗濯するのを眺めていた。白いおむつは、冷たい山水を孕んで、帆船の柱に高く張り上げられた帆のように勢い良く広がり、花菜子の瞳に大きく映っていた。

## 洗濯室と日常

○月○日

洗濯室へと辿り着く前から、浴場に大音量の歌謡曲が流れているのが分かった。

「一日に、三十数名の利用者であるお年寄りが、入浴されます」と、事務長は話していた。勤務時間の、午後二時から八時までにそれだけの人数分の洗濯をこなせるか否か、疑問ではあったが、事務長は軽く「残れば明日に回せばいいですから」と言った。

カート二台に、まるで脱ぎ捨てられたかのような衣類を満載して、ガラガラと洗濯室に音を立てて運び入れた介護士は、明るく「お疲れさまでっす。宜しくお願いしまっす」と会釈をした。

未だ研修中の子かなと思えるほど若い男の子だった。

「櫻井さんでしょう？　みんな喜んでますよ。仕事が捗ります。ありがとうございます。あ、僕、原田です。頑張ってください」

額に玉のような汗を浮かべ、鮮やかなブルーの海パンを穿き、浴場へと向かう黒Tシャツの背中には、黄色で太く「競う相手は、昨日の自分」とプリントされていた。

花菜子は浴場へと引き返す原田君の背中を見詰めていた。

花菜子にとって、競う相手は誰だろうかと考える。「競う相手は、昨日の自分」ではない。少なくとも、花菜子にとって、過去の自分は競う相手ではなかった。亮に、博士課程に進むことを宣言してしまった。その学資を獲得するためにパート勤務を始めたのだった。過去ではなく未来の己をしかと見据えて、今を、未来へと向かうこの瞬間を生きる己と、競うべきではないか。

○月○日

ロビーで、優に花菜子より上背のある紳士から呼び止められた。新型コロナウイルス感染が蔓延する今、家族との面会はオンラインとなっている。

「お洗濯、していただいている方ですか？」

仕上がった衣類を、ワゴンに載せ、エレベーター待ちをしていた時である。

その時の花菜子はメイドのように髪をシニョンに纏め、ピンクのエプロンを着けていた。

「家内がえらい喜んでおります。今までと違って、綺麗に畳んでいただいて、箪笥の中も片付け、綺麗にしてもらったと」

妻のために、より良い介護施設をと、転々としたというこの紳士は、毎日の洗濯物の片付けを家族がこなさなくてはならなかった大変さを、手短に語った。

「ここはその必要がなかったので入所させたのですが……」

妻のお気に入りの服とか、寒い冬に重宝していた高価なアルパカのセーターなどが縮んだりして、今までに処分することが多かったと告げた。

花菜子が母を思うときに目に浮かぶのは、叩きと箒草で編まれた箒で、家中をコマネズミのように余すところなく掃除を施す、割烹着と頭に晒し木綿の手ぬぐいを被った姿とともに、洗濯の手際の良さであったりした。

特に、仕上がり、つまり洗濯物を取り込んだとき、アイロン掛けも要らぬほど、皺もなく新品のように美しく畳めていることだった。

花菜子には、二つ年上の姉がいる。この姉が結婚して何年もたつのだが、義兄が今も変わらず溜め息交じりに、諦め顔で言った。

「花菜ちゃん、うちのやつ、未だに洗濯物、するめ干しなんだよなぁ」

先だって立ち寄ったときも、マンションのベランダには、皺皺のワイシャツ、肌着と靴下がぶら下がっていた。義兄はいつもこまめに、汗を掻いたと言い、よく着替えをする人であった。姉は、笑いながら、

「大丈夫、着れば、身体の温もりで皺なんか消えるわよ」と、さらりかわしてしまうのだった。

当然のことながら、花菜子には二人の祖母がいる。父方の、昔、泥棒を退散させたとい

う武勇伝を持つ祖母。母方の祖母には、花菜子が三歳のときに亡くなるまで、家族の生活を支えてもらった。

「発明な人」と村の人々は噂にしていた。また、見識の高い祖母は愛想のわるい人であったらしい。朝、祖母と出会おうものなら「朝から今日は、験が悪い」と囁いた。

祖母が母を妊《みごも》ったとき、兄嫁も懐妊した。孫と我が子の誕生が重なることを恥じて流産をと、何度か山に登り人目の付かぬ所で崖から飛び降りたり、転んだりしてみたが効果がなかった。日を増すごとに、堕りてくれない丈夫な我が子が愛おしく、生まれてみれば初めての女児で、この上なく喜んだという。

祖母は山百合のようにすらりと背が高く、臈長《ろうた》けた美しいひとであり、その親は神官であったと、母は言う。

花菜子がヨチヨチ歩き始めた頃、既に腰が曲がり、美しかった肌には深い皺が刻まれていた。それ故、花菜子が祖母を見るたび大泣きして、祖母をおおいに悲しませたという。

母は、亡くなった母親のことをあまり多くは語らなかった。

伯父たちから聞かされた話だが、母が女学校を卒業したとき、「田地、田畑売ってでも、女子大に就学を」と祖母が望むのを聞かず、母は家を飛び出し、兄たちが商売を切り盛りしている満州へと渡ったのである。そして、父と出会ったのだ。

○月○日

「櫻井さん、大変です。利用者さんの補聴器が見当たらなくて……」

花菜子がロッカールームから出て、洗濯室へと階段を下りかけていたときだった。スタッフがあわてて駆け寄ってきた。おそらく、ポケットに補聴器を押し込んでいたのだろうと思えた。先だっては、入れ歯も出てきた。乾燥機の高熱に煽られて変形していた。もう既に、洗濯機のドラムは回っている。かなりの量の衣類が詰め込まれていた。

風呂場の脱衣所には、ポップアートで利用者の入浴手順を白い壁面に貼っている。その項目の中には、絵入りで「ポケットは必ず確認しましょう」とあるけれど、スタッフの面々は、限られた時間内に入浴する人数をこなさなければならない。

洗濯物の配達の時間、ロビーで車椅子の婦人に呼び止められた。

車椅子を寄せ、膝の上に置かれた冬物の衣類に目線をやり、柔和な笑顔で婦人は言った。

「待っていたのよ。あなたを」

それを聞いたとき、花菜子は母を思った。介護施設で誰にも看取られることなく、未明に旅立っていった母を。

「待っていたのよ。あなたを」

その言葉を、母は花菜子に告げたかったに違いない。

母は、末っ子の自分を可愛がってくれた祖母と同様に、花菜子を愛しんでくれた。

二言目には、「花菜さんは、私と一緒、おとごだから」と言っていた。子供心に「おとご」の意味を測りかねたが、末っ子の意味合いであることの古語と知った。

母の死に顔は年齢よりはるかに若く、ふっくらとしていて、微笑んでいるかのよう、優しく、美しかった。

「早くお父さんのところへ行きたい」

姉たちに始終告げていた。

満州へと渡った頃から、親戚中に母は「モガ」（モダンガール）と呼ばれていた。

荒波に揉まれ、船酔いに悩まされて、満州へと辿り着いた地で、溺愛してくれた兄たちから破格の待遇を受けた。店先のウインドーに飾られた洋服や振袖、装飾品にいたるまで、母が気に入ったものはすべて買い与えられ、手に入ったのである。

内地、日本の郷里に帰った折には、長手袋に羽根のついた帽子、当時では奇抜なドレスという出で立ちであったらしい。

そのように時代を先取りし、急進的な母が、なぜ保守的な父と巡り会い、結ばれたのかと、いつも花菜子は不思議に思っていた。

母は、兄たちの「花嫁修業でもしていろ」という声を尻目に満州航空を受験して、スチュワーデスとして採用になった。

しかし、度胸の据わった母でも、研修期間に、いざ飛行機に搭乗となると身体の震えが止まらず、結局地上勤務となった。

父は、仕事の都合上、よく満州空港を利用しており、そこが華やかで屈託のない、朗らかな母との出会いの場となった。

亮と花菜子は、ありふれた見合いだった。父と母のような劇的な出会いはなかった。

その日、現れた亮が乗ってきた車は、トヨタのマークⅡであった。よくよく見れば、ボディの色はグリーンであったけれど、土ぼこりにまみれ、フロントガラスもワイパーを作動させた範囲だけが透明で綺麗だった。

一度、見合いの体験をしたかっただけの花菜子である。

「この程度なのね」と、相手もその気はないと、妙に納得をしてしまった。

ところが、花菜子の知らないうちにこの結婚話はとんとん拍子に進んでしまっていた。

仲人口と人は言う。強かに上手く話を成立させてしまう。

確かに、亮は第一印象とは違っていた。目の輝き、鮮度が、である。それは、生き生きと躍動していた。

普段見慣れている花菜子の同僚たち、高学歴で幹部候補生の彼らは、ともすれば目が暗く濁り沈んでいるかのように見えるときが多くあった。

婚約した翌日、花束を抱えてやって来た亮が、こともなげに言った。

「新婚旅行は、ハワイに決めたから」

十日間の旅であった。空港のカウンターで搭乗手続きをするのも、亮は手慣れていた。このとき、花菜子は初めて飛行機に乗った。機上から初めての雲海を見て、初めて日付変更線を越えた。

搭乗者数は多く、ジャンボ旅客機である。

揺れが少なく、

「只今より、エアーポケットに入ります」

と、機内アナウンスがあったものの、激しい振動はなかった。

ハワイ土産を手にしながら、母は言った。

「私たちの時代は、音も機体の揺れも酷くて怖かったけれど、今はいいわね。花菜さんは、幸せな時代に生まれて本当に良かった」

と、潤んだ目をして喜んでくれたものである。

○月○日

「櫻井さん。喜んでください。洗濯機が新しくなりますよ」

出勤簿に判を押している時、背後から事務長の声がした。

「えっ、どの洗濯機ですか?」

今、使っているのも、一機、二、三百万円の値段がすると、花菜子は聞かされていた。乾燥機は四、五百万円だとも。

事務長は、やや高めの声色で、

「全部ですよ。もちろん。もう、二十年使ってるし、業者が言うには、故障しても交換部品がないそうですよ。だから、全部取り替えます」


後日、業者が運び入れたドラム式洗濯機は、以前のものより、一回りも大きかった。それまでの機種とは輝きの違うステンレス製で、LOGOが西欧のルネッサンス時代、人体を描いたものであった。会社名は仏語でもなく、英語でもなかった。

「これは、スウェーデン製です」業者は言った。洗濯機の中央は、あまり見かけぬ、深みのある群青色で、シンプルで美しいデザインであった。スウェーデンは福祉国家故に、介護用品の開発は他国には類がなく、厳しく省力化を図ることが要求されていた。コンピューターで洗濯量を量り、洗剤も時間も自動制御であった。洗剤も本剤と助剤があり、消毒殺菌剤、柔軟剤などなど、五種、それぞれ細い管で、サミットと書かれた部品に束ねられて、洗濯機二機に送り込まれる仕組みとなっている。今までは便が付いたり、嘔吐物、異臭がする衣類が多く、個別に漂白もし、二度洗いはいつものことであった。

遡れば、人類史上四千年にわたって、衣類の汚れをどのようにして落とすか、悩みの種であった。早くも、古代メソポタミアでは、羊の脂で石鹸を製造したと記述があり、人々が洗濯に苦慮した様子が窺えるのである。

こすって落とすのがいいのか、それとも叩き洗いなのか。インドのガンジス川では、歴史も古く、今も叩き洗いが、営々と河川敷で行われている。叩き落として洗うということの手法が、西欧でドラム式洗濯機の開発へと繋がったのである。しかも、水量に無駄がなかった。水源豊かな日本と異なり、西欧はそれが乏しく、水量を加減して、いかに洗い上げるかが重要であった。

戦後、花菜子が生まれる前、昭和二十四年、日本ではタテ型の擦り洗い式の洗濯機が誕生した。この製品は、水量が多く必要であり、改良を重ね、昭和六十年頃、全自動で叩き洗いのドラム式洗濯機が開発された。

白物家電と総称される洗濯機、冷蔵庫などは、日本が高度経済成長を果たしてから、鰻登りに売り上げ、販売数が増加したのである。

記憶を辿れば、花菜子の家で初めて買い入れた家電は、ラジオであった。

洗濯機は、母の実家に住んで居た頃に買い入れたラジオより、かなり年数を経て我が家に登場した。

花菜子は、乳飲み子のときから、母の一日の仕事を、ぬくぬくとした背中に負ぶわれたまま見ていた。

洗濯は、洗面器よりも大型の平たい容器の大きな金盥に入れて洗っていた。金盥は、薄い鉄板に錫をメッキした素材でできており、落として転がすと、けたたましい金属音が響いた。衣類の汚れを落とすのは、木製の硬い一枚板でできた洗濯板を使っていた。擦って汚れを落としたのである。その板は、衣類の汚れを落ちやすくするため、鬼の歯のように刻みが横並びに並んでいた。母は家族の朝食の後じまいを終えてから洗濯をした。水は、井戸水をポンプで金盥に汲み出し、洗濯板と、白くて大きな固形石鹸を使って、衣類の汚れを落とした。あらかた石鹸の泡を落としたところで、家の前の川で仕上げの濯ぎをした。

その時間帯はほぼ近所中の主婦が集まり、かしましい賑やかな洗い場となり、ともすれば洗い物が手元をするりと抜け川水に流されたりすると、大きな嬌声が上がっていた。

「花菜ちゃんは、色白さんだねぇ。大きくなったら、こりゃー別嬪さんだよ」

洗濯物が多い母を見兼ねて、負ぶわれた花菜子を引き取り、あやし、よく面倒を見てくれた、世話好きで女丈夫な人たちであった。

# 夏

## 菖蒲湯

皐月　某日

五月、端午の節句を挟んだ数日、湯船には清々しくも、青々とした反り刀の形をした菖蒲の葉が入れられ、菖蒲湯の日々が続いた。ロビーには菖蒲の花と、鎧や兜など、五月人形が飾られた。風呂上がり、髪を梳きつけて、衣服を整え、ロビーの五月人形の前で一人ずつ記念撮影が行われた。頭には、介護士スタッフが折り畳んだ兜が戴かれている。みんなニコニコと微笑んで、シャッターチャンスを狙う介護士の指示通りされるがままである。「ありがとう」「ありがとね」と利用者の紳士、婦人らがスタッフに声掛けしつつ、車椅子を押されて、それぞれの居室に向かうために、エレベーターに誘導されて行くのだった。

その翌日には順次、ロビーの掲示板に記念写真が貼りだされた。こいのぼりや鎧、兜なども一緒にレイアウトされ、杜若、菖蒲の花々で飾られた。

凛々と　目元涼しき　武者立ちぬ
　燕子菖蒲の　供揃えにて

父を想う。

端午の節句の日、父は菖蒲の葉を湯船に入れ、

「無病息災、健やかな一年でありますように」

そう言いながら、湯船に入る私たち娘の頭に、菖蒲の鉢巻をした。

刃先のような葉の先端は、額に角のようにピシリと挟み込んで留められ、それはとてもひんやりとして冷たく感じられた。そしていつものように湯船に浸かると、

「大きな声を出して、一から百まで数えなさい」

と、言うのである。声が小さかったり、数えることができなければ、湯船から出してもらえなかった。それは小学二、三年の頃になると、九九の掛け算へと変わった。

父が勤務先である基地近くに新居を構えたのは、花菜子が小学校に就学する前であった。新築の家の風呂は、薪で焚く五右衛門風呂であった。裏山で杉の枯れ落ち葉を拾い、古新聞紙を火種として、パチパチとそれはよく爆《は》ぜて燃えた。薪が勢いよく燃えたとき、鋳物の釜は肌に触れると、飛び上がるほど熱かった。足に触れる部分は底板といって、丸い木の端材で作られていた。その中央に丸く穴が空けられていて、湯船に足を底板で踏み入れたとき、湯が抵抗無く貫流する仕組みであった。

家の普請を請け合ってくれた大工の棟梁は、痩せていてかなりの年齢に見えた。母の遠い親戚とかで、東京で大工の見習いをしていたというので、みんなから「東京のおじいちゃん」と呼ばれていた。棟梁は、父に五右衛門風呂を熱心に勧めた。身体が芯から温まり、しかも湯当たりも良く、何よりも経済的であること。家の経済事情が逼迫するなか、それが最優先であった。額に捻り鉢巻をした「東京のおじいちゃん」は、職人肌の一風変わった頑固な人であった。

「何年経っても、雨漏りもせず、修理も要らない頑丈な家を建ててやる」

これが、「東京のおじいちゃん」の口癖であった。家が建ち上がった後も、花菜子が学校から帰ると、お茶を飲みながら母と世間話をしていることが多かった。

「花菜、帰ったかい」

こう言いながら、母が出していた茶菓子を、花菜子にくれようとした。花菜子はニコニコ笑いながら、棟梁の言葉をかわし、客に出された菓子には手を出さなかった。

それから、数日経ったある日、学校から帰ると、仏壇の前に大盛りのバナナが供えられていた。

「花菜にご褒美だそうよ。『東京のおじいちゃん』から」

と、母が言ったが、訳が分からぬまま、バナナをじっと見つめていた。実は話には聞いていても、花菜子にとっては初めて見るバナナであった。

バナナは花菜子の目に、神神しく金色に光り輝いているように見えた。

「花菜は根性もんじゃ」

と、「東京のおじいちゃん」は言ったという。学校帰り、小腹が空いているだろうに、菓子に手を出さなかった花菜子を褒めちぎったという。母に「良い子を授かって、お前は幸せ者だ」と言った。

「東京のおじいちゃん」が建てた我が家は、当《まさ》に雨漏りもせず、修理も要らぬ堅固な造りであった。そして、玄関先の庭に白と紅色の花が咲く木瓜《ぼけ》を、一株ずつ植えながら、「花菜の家を守ってくれる木だから大事にしろ」と言った。

## 紫陽花

水無月　某日

梅雨の季節となった。その日は、霧のように細かい、糸雨が降る、肌寒い日であった。ここのところ、気温が高かったり肌寒くなったりと、猫の目のようにくるくると変化していた。

苑内の屋内はもちろん空調設備は整っているのだが、満たされない温度差に入居者の人々は、半纏や羽毛入りの胴着、ベストを着込んでいる。コロナ対策で、各々部屋の窓は、少しずつ開放されていたからである。苑内感染を防ぐため、室内の換気が徹底して行われていた。

今日、新たな入居者の名前が洗濯室内にある予定表に書き込まれた。

既に洗濯を終えた衣類が、乾燥機のなかで回っていた。

「新規入居者、堀江様、一式、手を触れないでください」

と、メモ紙が乾燥機の前面に貼られている。

外部からの感染を防ぐため、持ち込まれた衣類一式、全部消毒殺菌するため、洗濯をするように指示が出ていた。

「堀江様。初めまして、洗濯係の櫻井です。衣類、お持ち致しました。どうぞ、宜しくお願い致します」

堀江婦人は緊張しているのか、顔が強張《こわば》っていた。ベッドの横に置かれたサイドテーブルに、青いフレームのフォトスタンドがあった。

「柴犬なの。家に置いてきてしまって」

尾がくるりと巻いていて、毛色は赤褐色だった。

思わず、花菜子は言った。

「まあ、可愛い、賢そうなワンちゃんですね」

それまでは表情の硬かった堀江婦人の顔が、その一言でほころんで笑みを浮かべた。

「本当に頭が良くて、良い子なの。男の子よ。私がいない間、弟に頼んできたけれど、心配で心配で」

堀江婦人は、このワンちゃんのために、一日でも早く退所して帰宅できるように、リハビリを頑張らなきゃと、自分に言い聞かせるように言った。

翌日から、リハビリ室で機能回復訓練をする堀江婦人が見受けられるようになった。

「大きく、深呼吸して、ゆっくり立ち上がってみてください」

この介護士の声に、恐る恐る一足、踏み出す婦人であった。


花菜子には、堀江婦人の思いが痛いほどよく分かった。愛犬とは、断ちがたい絆で結ばれた家族である。花菜子も、「ロング」という名のテリア犬と、幼少期を共にした。あのピンク色をしたざらついた舌で、どれだけ親愛の情を込めてくれたことだろう。そして、あのふさふさした温かな毛足や、足音、感情を込めた鳴き声に癒やされていた。

あれは、六月だった。花菜子が、食欲の無くなった「ロング」に、スプーンで温かなミルクを口に含ませようとしたけれど、それもかなわなかった。花菜子の両腕の中で、少しずつ「ロング」の身体は、冷たく冷えていった。

涙が、後から後から出て止まらなかった花菜子である。父が用意してくれた、「ロング」がゆったりと入れるほどの、硬めのダンボール箱を棺にした。そして、庭に咲き誇っていた紫陽花を切り取り、棺を埋め尽くすほど、紅、白、紫、青の花で囲み、裏山に葬った。

天翔る　骸となりぬ　紫陽花も
　雫となりて　慈雨のごとくに

「ロング」を失ったという喪失感は、永く尾を引いた。今もそうである。消えることはなかった。「ロング」に代わる家族はいない。二度と再び、ワンちゃんは飼わないと、花菜子は心に決めていた。

# 七夕祭り

文月　某日

いつものように、ワゴンを押して配達をしていた。各階には七夕飾りが設えられていた。

背後から、

「別嬪さん。書いたかい。短冊だよ」

戦後、ロシアに拘束、抑留されていたという車椅子の広田氏であった。

「私が書いたのは、あれだよ」

ひらひらと金や銀色、とりどりの色紙の短冊には、

「健康でありますように」

「みんなが平和で幸せでありますように」とか個性溢れた字面で書かれている。

広田氏が指差した短冊には、

「宝くじが当たりますように」とあった。

花菜子は、思わず笑ってしまった。苑内は、現金はもちろん、付随する金目のものは持ち込み厳禁である。広田氏も笑いながら、

「別嬪さん、人間は欲がなくなったら終わりだからね。特に金の欲がなくなったら、益々衰えた爺さんになるしかない」

シベリアでの三年の抑留期間、寒さと過度の労役、栄養失調で命を落とす戦友を弔いながら生きて、日本の地を踏むことだけを希望の糧として耐えた広田氏であった。

「大きく当たりますように」と花菜子が真顔で言うと、

広田氏が、

「でしょ。そう来なくちゃ。狙いますよ、大きく」

と、肩で深呼吸して、車椅子の肘に置いた手のひらを持ち上げ、茶目っ気たっぷりにVサインをし、笑った。

広田氏は、第二次世界大戦が終わった後も、ロシアに屈辱的で悲惨な足止めを被った。

花菜子に抑留地での記憶を辿り語るとき、その傷跡は、拭い去りようもない深遠なもの

だと、膝に置かれた利き手の拳が小刻みに震えて、それは甚《いた》く広田氏の表情から読み取れるのであった。

花菜子の父は、肋膜という病歴があったので、敗戦色濃くなるまで徴集を免れた。俗に言う「赤紙」という、旧軍隊の召集令状が来たとき、暗褐色で栗毛の駿馬に騎乗して満州の地で参戦をした。そしてそれは、呆気なく終戦を迎え、家族が待つ帰路の路銀へと変わった。父が戦地に赴く前、母に命じたことがある。それは、逸早く日本へ帰国し、東京の土地を買えるだけ買っておくように、ということだった。しかし、母は頑として首を縦に振らなかった。母にすれば、日本が敗戦の日を迎えるなんて信じがたいことであった。

今にして考えれば、そのとき帰国して東京にいたなら、母は、あの東京大空襲を受け、命を落としていたであろうし、花菜子もこの世に生を受けていなかったであろう。人の意思とは関わりなく回ってくる運命を、花菜子は想わずにはいられない。

広田氏と一緒に七夕飾りを眺めつつ、相槌を打ちながら聞いていた山中婦人が言った。

「私は、満州時代、お金の心配なんてしたことがなかったのよ。贅沢三昧させてもらったからかしら。今、こんな病気に罹ってしまうなんて。時々、これは罰が当たってしまったのかなって思ったりして。息子夫婦や孫たち、若い人たちには、こんな思いをさせたくないわ」

広田氏は畳み掛けるように言った。

「戦争は駄目だ。絶対にしては駄目だ」

「本当にその通りですよ。短冊に書き足しましょう。『世界中が戦争の無い、平和な世の中でありますように』って」

と、力を込め背筋を伸ばし、毅然と山中婦人は言った。

笹竹に　熱き想いを　彩りて
牽牛織女の　星降る夜や

花菜子はロビーで、面会記録簿に記帳する、山中婦人の家族を見かけていた。五人の親子連れであった。各々、色鮮やかなブーケ、夏の衣類であろう手荷物を抱えていた。一様に優しげな面差しが、山中婦人とよく似ていた。

婦人は終戦後、良き家庭を育み、子供や孫にも恵まれ、多少の波風があろうとも、順風満帆の幸せな人生ではなかったと、花菜子には思えてならない。

○月○日

「やってしまいました」

原田君が頭を掻きながら、洗濯室の前で花菜子を待っていた。見ると、洗濯室の床は水浸しであった。

洗濯機は、勢いよく大量の衣類を攪拌しながら回転している。目を凝らしてよく見ると、ドラムのハッチ部分が白い肌着を噛んでいたために、ドラム内の水圧で水漏れを起こしていた。

メンテナンスの業者から聞いていた通り、緊急用ストップボタンを押し、電源の丸く太くて大きなプラグを静かに抜いた。ハッチは解除となり、噛んでいた肌着を定位置に押し戻し、電源を入れ直すと、再び洗濯機が回転し始めた。

「流石ですね。櫻井さん。ありがとうございます」

腰を折らんばかりに、すみません、すみませんと礼を言うと、原田君は素早くバケツとモップを抱えてきた。

存外に、原田君に限らず、スタッフの若い子たちはみんな、物言いも所作も優しかった。

「櫻井さん、これって、洗ってもらえますか？」

持ち込まれたものは、うさぎさんの大きなぬいぐるみだった。うさぎさんの白く長い耳は黒ずんで、オレンジ色の衣装は珈琲色に塗れていた。

「夜のおやすみの時までに何とか枕元に返してあげたいのですが。これがないと眠れないと言われて」

乾燥が終わって、耳も雪のように白く、ドレスも明るいオレンジ色に仕上がったうさぎさんを介護士の元へ届けると、弾けるように、「ありがとうございます」を連呼した。

**花菜子から亮へ**

哀しい一日でした、今日は。新しく入居の方だけど。部屋の箪笥の上に、籠盛りの可愛い花が飾られていたので「素敵なお花ですね。ご家族からですか?」と、声をかけたの。

すると、

「私は、捨てられたのよ。家族から」

と、お腹の底から搾り出した悲鳴のような悲しい声で仰ったの。残念だけど、咄嗟に言葉にできなくて。亮だったら、何て慰めるのかな。

亮のひとりごと
お疲れさんだったね。ゆっくり休むといいよ。
花菜子に、ありがとう、だよ。おふくろと親父を最後まで家で看てくれて。
大変だっただろう。家族って、年を重ねて成長し、変化していくのだろうね。施設へと送り出す家族も、きっとつらい決断だったと思うよ。

## 夏祭り

葉月　某日

紅白の豆提灯が、ここかしこと吊り下げられ、苑内中、夏祭りの準備で慌ただしい日々であった。イベントホールには、賑々しくも紅白の幕が張られた。

金魚すくい、綿菓子売り、射的、焼き鳥、各々ブースが設けられており、趣向を凝らした暖簾が下がっていた。

「いつもでしたら盆踊りもしていたのですが、コロナのため、今年は中止です。残念ですが」

人数を制限しながらの夏祭りは、寂しいものになるでしょうと、苑の屋号を染め抜いた真っ赤な法被姿の事務長は無念らしく語った。

花菜子が、小学一年生になった夏休み明けのときである。担任の教師から課題が出されていた。それは、夏祭りの絵を描くことであった。当時家を新築したばかり、余裕のない両親は共働きで、子供たちを連れて祭りに行くゆとりなどなかった。

そんなことはお構いなしで、花菜子は広い画用紙に思う存分、好きな絵をクレヨンで描いた。懐かしい村の夏祭りである。村の夏は短かった。盆が過ぎれば、涼しい秋風が立つ村である。冷えた西瓜やかき氷を食べながら、屋台が並ぶ道を太鼓や笛のお囃子で山車の列を楽しんだ情景を描いた。

笛太鼓　コロナ禍只中　音も無く
今ぞ恋しき　夏祭りの里

「花菜子ちゃんのお母様、花菜子ちゃんの絵が特選、金賞に入選されました」

と、担任の教師から母に連絡が入った。しかも、その絵は海外友好の象徴であり、文化交流の一環として、アメリカへと渡ることになったのである。

学校では毎朝、朝礼が行われていた。

その朝、全校児童の集まった学校の広い校庭で、花菜子は一躍、校内で時の人となった。朝礼台の壇上に立った校長から、名前を呼ばれ、

「おめでとうございます」

の言葉と共に、大きくて広い特選の表彰状と副賞の包みを手渡された。そのときの嬉しさ、高揚感は、村の幼稚園で、お絵描き道具を手にしたときと同じであった。初めての体験であり、また新たな、花菜子の世界観が花開くのを、幼いながら感じ取っていたのである。

# 中秋の名月

長月　某日

「洗濯屋さん、ほら、早く来て御覧なさい。お月様がきれいだこと」

ススキとリンドウの花を活けた花瓶が置かれたテーブルの上で、頬杖をついていた天野婦人が手招きをした。中秋の名月であった。

天野婦人は、長く伸びた白髪を花冠のように編み込みにして童女のようであった。

「残念だわ。ね、洗濯屋さん。そう思わない?」

日頃からプロ野球のテレビ観戦を楽しみにしている彼女である。ドーム球場での生ビールが最高に美味しいのだから、と聞かされていた。部屋には、お気に入りの選手の背番号が入ったユニホームが何枚も飾られている。

「お月様を観てるだけじゃつまらないよね。ビールが飲めないなんて。お酒でも飲みながら、お月見したいわよ」

天野婦人が、からからと朗らかに笑った。そして、

「それと、そうね、焼き鳥も食べたいわ。烏賊も銀杏も豚バラもいいわね」

と、大仰な溜め息をついた。

万感の　想いを込めて　ひた走る
　今宵はゆるり　月とたわむれ

母は、父が逝った後、永らく一人住まいであった。

姉たちが気遣って同居を勧めたものの、母は言い放った。

「お父さんから野球の面白さを教えてもらったから、一人でも寂しくないわ」

父は地元に近い球団を熱を入れて応援をしていた。日頃から母と二人の生活のなかで、
野球観戦は大きな位置を占めていた。母にしてみれば、父と一緒に共有した悠久の時であ

り、父からの遺産に匹敵するものであった。

## 契約更新

神無月　某日

「櫻井さん。契約更新、お願いできますか？」

事務長が正と副の書類二枚を差し出した。

「ご納得し承認いただけたら、捺印して事務所までお持ちください」

パートだから、半年ごとの更改である。

施設長、つまり雇用主オーナーが、解雇の意向であれば契約更新はない。

項目ごとに目で追い、時給の欄を見ると、百円加給されていた。花菜子は目を疑った。

パート勤務の加給は、一円単位の世界である。

事務長は、言った。

「入所されている利用者さまのご家族から、衣類の洗濯、管理、とても評判が良くて助かりますよ。今後も引き続き宜しくお願い致します」

給与の支払いは、給料日当日、それぞれが指定した本人の銀行口座に振り込まれる手筈となっている。パソコンで打ち出された給与明細書は、その日、封書で手渡されていた。今の時代は、キャッシュレス化に伴い、携帯のスマホに給与も入金される時代である。

給与の支払いも時代の変遷と共に、変化を遂げてきた。


亮と結婚するまで、花菜子は女子職員の少ない勤務先で受付嬢をしていた。と同時に、事務課の瑣末な仕事もこなさなくてはならなかった。給与支払い時の経理課の仕事もその一部であった。当時の給与は銀行振り込みではなく、現金での受け渡しであった。

二百人近い職員の給与明細も複写式で、もちろん、手書きであった。

給与支払日当日、銀行員が物々しく、アタッシュケースに金種別に現金を運び込んでくるのである。給与明細の複写分を、後で簡単に剝がせるように、予めピンポイントに糊付けしておいた給与袋を、広い会議室のテーブルに課別に並べるのである。

寸分のミスも許されない仕事だった。

金種別に分けられた金額を、手と目視で確認し、銀行員が帰った後、会議室に施錠をしてから、経理課担当者と給料袋に仕分け配分するのである。

給与明細書と照合しながら、まず万札を配り、五千円、千円、五百円、百円、五十円、十円、五円、一円と順次終えた後、全員で誤りがないかを確認をするのである。そして、その後、糊付けされた給与明細書を剝がして、給与袋に注意深く投入し、糊付けをして封緘、という作業であった。

経理課に給与を受け取りにくる社員の表情は、一様に晴れやかで、満面の笑みを浮かべていて、花菜子自身も胸躍る日であった。現金受け取りの給与は、手渡された重みと共に、現実感があり、嬉しいものであった。

当時の父も同じく、給与は現金支給であった。

その日、父のお膳は決まって一品多くて、鯛の御造り、またはステーキであったりした。

母は、必ず現金の入った給与袋を神棚にお神酒と共に供えた。

何事につけ、母にとって父は最優先であった。入浴も一番風呂であり、食事も、父が箸を手に取り、合掌をして「戴きます」の挨拶が済んでから、一同の食事となった。

毎朝、投函される新聞もまた然りで、父が読み終わってから子供たちが見るのである。専ら、子供たちにとっては、4コマ漫画や、子供欄のコラムなどであったけれど。
父に対する、母親の姿勢は、言わず語らず子供たちに浸透していて、その存在は、唯一無二であり、絶対的なものであった。

二親は　血の汗滴る　思いにて
　　吾子を育み　幾歳月

## 収穫祭

　霜月　某日
天に突き抜けるような、鮮やかな碧い空が見られる日々が続いていた。苑内の日当たりが良い一隅に菜園が設けられており、夏場には甘藷の青々とした葉が生い茂っていた。
毎年、この菜園の種苗選びは、入居者から募るのである。

今年は、桑田氏の要望で甘藷であった。

桑田氏は、いつも花菜子のことを「櫻さん」と呼び、車椅子を寄せてきた。

苑内がハロウィンを象徴するオレンジ色をしたカボチャのパネルで飾られた日、桑田氏の甘藷は、収穫された。

「櫻さん、私の芋、見事な仕上がりだったよ。これで、念願の焼き芋が食べられます」

桑田氏は珍しく饒舌で、嬉しそうであった。

収穫された甘藷は、焼き芋とお三時のスイートポテトになった。

桑田氏が子供の頃、戦後食糧難であったとき、この甘藷で命を繋いだと言う。この食糧事情が落ち着いてきた頃、もう二度と甘藷は食べたくないと心に決めたのだと言う。

その当時は明けても暮れても甘藷が主食で、つくづく嫌になったと桑田氏は語っていたが、頭を掻きながら、

「いやあ、この齢になってから、妙に食べたくなってね」

と、遠くを見る眼差しで語るのである。

桑田氏の、遠い昔、その記憶を辿る眼差しを見ると、花菜子は一瞬にしてあの焼き芋の

甘露な甘みを、懐かしく思い出すのだった。

花菜子が生まれた母の実家の台所は、「おくどさん」と呼ばれていた、立派な竈が一対、鎮座していた。竈の後ろには太い煙り出しの煙突が伸びていた。足元は、叩き土に石灰と水を加えて練ったもので、三和土《たたき》と言う土間の造りとなっていた。この竈で、花菜子の離乳食は作られていた。甘藷の入った粥である。歯が生えてきた頃には、甘藷の入った飯となった。その当時、米飯は、なかなか食べられない時代であった。

焼き芋は、花菜子の大好物であった。あれは、稲刈りの終わった晩秋の頃だった。

農家の方は「すくも」と呼んでいたけれど、稲を脱穀した後の籾殻で、芋を焼くのである。田圃に、籾殻の山をつくり、中に甘藷をいれ火を点けた。火は、じわじわと燻りながら、芳しい煙を立ち昇らせ、焦げた皮も、味わい深く、今となっては食べることが出来ぬ、甘露な焼き上がりであった。

夢追いて　翼はためかせ　ロシアより
遅しき鶴の　訪れし我が里

## クリスマス

師走　某日

クリスマスツリーがロビー、各階、イベントホールに飾られる頃となった。

冬の到来である。色鮮やかなグリーンの樹脂で作られたツリーに、さまざまな飾り物が、装いを煌びやかにした。

苑では、四季折々にイベントが催されていた。七夕、夏祭り、運動会に、秋はハロウィン収穫祭であったりした。

忘れられない父との思い出は、クリスマスである。

米軍基地に職を得た父は、必ずイブの日、米兵からガトーショコラケーキをもらい、家族へといつも持ち帰った。学生時代、中国語と英語を専攻していたから、満州時代も現地の人たちから、帰国せず中国人として生きろ、と引き留められたほど中国語が堪能であった。

基地でも流暢な英語を話すので、米兵からも一目置かれ、重宝がられていた。

花菜子が小学生になった年の冬のある日、とっぷりと陽が暮れ、暗い玄関先でバタンと車が止まる音がした。声高に「メリークリスマス」と聞き慣れない声で、誰か叫んでいる。玄関の引き戸を開けると、毛むくじゃらの犬を両腕に抱え、破顔した父が立っていた。歓声を上げる私たちを見て、父は嬉しそうに「ロングって名前だよ」と言った。

犬だけではなく、真っ赤な手押し車も外にあった。アメリカ本国へ帰還する米兵から、父にもらって欲しいと頼まれ、普段から「ワンちゃん、飼いたいよ」という娘たちを思い、譲り受けたという。あの「メリークリスマス」の声は、帰還する米兵であった。

ワンちゃんは、父の腕の中でピンク色をした長い舌を出し、荒い息づかいをしていた。長く覆い被さった毛の奥に、クルクルと辺りを見回す漆黒のつぶらで輝いた瞳があった。

米兵から譲り受けた「ワンちゃん」の犬種はテリアだった。「ロング」という名の通り、毛足も胴も長かった。家の板敷きの長い廊下を、まるで床掃除用のモップのように、爪の音と共にシャワシャワと駆けていた。

「ロング」を追い、戯れあって転び、腹ばいになった花菜子の鼻先に冷たいヒンヤリとした「ロング」の滑りを帯びた、漆黒の鼻頭らが触れると、なぜか不思議に、彼の地の山水が流れる川底の冷たさを想った。

「ロング」の毛足の色は黒っぽい灰色で、幼い頃、間近に見ていたナベヅルの羽の色によく似ており、その姿を遠くに思ったりした。そんなとき、花菜子は無性に村に帰りたくなったものである。

あの高く澄み渡った蒼い空を舞う鶴に逢いたいと恋い焦がれていた。鶴のように、地上を飛び立ち、清明で芳しい大気を嗅ぎながら、山裾まで狭まった棚田や、野原、村の佇まいはどんな風に見渡せるのであろう。鶴と共に飛べるものなら、飛び立ち、どこまでも広がる蒼い空を、気ままで無尽に飛びたかった。

そんなとき、決まって「ロング」は、吠え立てた。普段は、無駄な鳴き声をすることもない穏やかな犬種である。

「目を覚まして」

とでも言うかのように、哀願を込めた優しい吠え方であった。そして仰向けに寝そべって、お腹を見せるのだった。

学校帰り、母のいない寂しさは、「ロング」が満たしてくれた。玄関を開ければ、必ずフサフサの尻尾を振りながら、お座りをして迎えてくれた。

待ちかねていた散歩も、母が用意してくれているおやつを食べるのも、「ロング」と一緒だった。

忘れ得ぬ　父のぬくもり　万世も
聖夜きらめく　愛犬もともに

○月○日

今日、洗濯の仕上がり枚数はかなりの量であった。

各階への配達の時間も、大幅に遅れを取ってしまった。もう既に、消灯されている部屋もあれば、枕明かりの部屋もあった。

洗濯物を納めながら、花菜子は、(これは、亡き母への贖罪ではないだろうか?)と思ってしまう。


それは、師走月であった。

介護施設で、誰にも看取られることなく、未明に旅立って逝ってしまった母。夜も明けぬ、暗い部屋のベッドの上で、母は何を想っていただろう。

花菜子は、母の衣類を手にしたことも、無論、洗濯も、母を介護したこともなかった。

「母様。許してください」

思い返してみると、花菜子は、問題が起きると決め兼ねて迷ってばかりいた。母に相談するのだが、母の答えはいつも同じであった。

「花菜さんが良いのが一番。花菜さんが幸せであれば、私も幸せ。何でも思うようにやりなさい」

花菜子にとって、母は甘い親であったと思う。姉はいつも不満気であった。

「花菜ばかり可愛がられて。まったく、長女は損な役割ね」

と、言いながらも、何くれとなく花菜子の面倒を見ていた姉である。

その姉が、母に死に化粧を施しながら、

「お父様がお迎えにいらしたのね。とても幸せそうなお顔ですもの」

と、泣きながら、花菜子に微笑んでみせた。

## 風呂祭り

睦月　某日
年が明け、餅つきのイベントが行われた。
今まで、世界中のどの国も人流を止め、旅行も祭りもせず、新型コロナウイルスの感染拡大を抑えようとしてきた。我慢の限界かと思われた年の初め、ようやく沈静化の兆しが顕れ始めたのである。
併せて「風呂祭り」も、催された。ハーブ湯、柚子湯、薬草湯などである。

浴場には、大量の柚子やハーブの束が運ばれており、湯船は神神しいほどの輝きを放つ柚子の黄金色で溢れていた。

初湯殿　白雪降る如　けむり立ち
　船面に輝く　柚子の金色

花菜子から亮へ

今日は大変な一日でした。救急車が来るのは珍しいことではないのだけれど、今思い出しても、身体が震えるの。

なぜ救急車が来たかというと、利用者の婦人が、お餅をのどに詰まらせてしまって。私が苑に着いたとき、中庭では威勢の良い掛け声と共に昔ながらの餅つきは始まっていました。

ガラス戸越しに、車椅子で間隔をあけながら、見物していた利用者の方々は、それはもう喜ばれて、スタッフも達成感の溢れた笑顔で私も嬉しくなりました。

搗きあがったお餅は、女性スタッフが小さく、それは小さく丸められて、黄粉《きなこ》や甘いお汁粉に入れられて、三時のおやつとなりました。

イベントもお開きになりかけたとき、凍りつくような出来事が起きたのです。慌ただしい足音や叫び声が聞こえてきました。介護部長の声が響きました。

「掃除機を、早く持ってきて。急いで」

もちろん、救急車はとうに連絡済みだったんだけど。掃除機は洗濯室にあったのよ。そして、いつだったたか、テレビのニュースで見た喉に詰まらせた餅を掃除機で吸い取った場面が頭に浮かんだの。

幸いにも、スタッフが見守る中でお餅がとれて、息を吹き返されたのだけれど、大事をとって搬送され、長い一日となったのです。

○月○日

珍しく、雪景色の朝であった。携帯のコール音が響いた。画面を見ると、苑からである。

「櫻井さん、おはようございます」

緊張して強張った声の主は事務長であった。

「コロナの患者が発生しました」

花菜子は、一瞬息を呑んだ。事務長は澱みなく続けた。沈静化するまで入浴は中止であること。指示があるまで、自宅待機であること。

「ただし、全職員、陽性反応の可否を調べます。まことに申し訳ありませんが、櫻井さんにも、ＰＣＲ検査を受けていただかねばなりません」

幸い、花菜子は陽性反応は出なかった。検査日、指定された時間帯の厳守、普段使っている通用門からは入門厳禁であった。苑の表玄関から入ると、人気のない冷ややかな重苦しい空間が拡がっていた。既に防護服に身を固めたスタッフが待ち構えていた。厳戒態勢である。

その後、幸いにも重症患者は発生せず、入居後の間もない一名のみの感染で事なきを得た。

コロナ感染の非常事態を受けて、指示があるまで、しばらく自宅待機となった花菜子は、普段できなかった庭の手入れに余念がなかった。

程よい疲労感を覚えたその夜、風呂上がりに炬燵で微睡《まどろ》んでいたとき、電話がけたたましく鳴った。

「花菜さん、お元気？　岡野です」

懐かしい、元同僚の声であった。限られた人数の女性職員の職場のなかで、元教師であった彼女は、指導、纏め役であった。彼女には娘がいなかったこともあり、亮と結婚が決まった時も、

「花菜さんは、私の娘のようなものだから」

と、遠路、結婚式にも駆けつけてくれた。

しばらくお互いの近況を語り合った後で、岡野さんは言った。

「麻生さん、社長に就任しましたよ」

当時、彫りの深い美形の男子をソース顔という言い回しが流行っていたのだが、まさにそのとおり、麻生君はハンサムであった。少し愁いを帯びた眼差しで、青白いほどに顔は白く、細身で長身であった。昼休みになると、所内のテニスコートで、ラケットを鮮やか

に振る姿が見られた。

その見事なラケット捌きと、さわやかな長身とソース顔の面差しと相まって、数少ない女子職員の憧れの的であった。

当時、事務課で、両隣一緒に机を並べた。斜向かいの課長席の横に岡野さんの席があった。彼女は人事に携わっていた。書の達人であった岡野さんから、詩吟や生け花なども教えてもらったりしていた。所内は規律正しいなかにも、和やかで家族的な雰囲気であった。

職場懇談会と称して、課内の懇親会がよくあった。麻生君はまだ新卒で、何かにつけ、よくみんなから、好意を持ってからかわれていた。

その頃、花菜子より入社が二年早かった先輩の、社内のテニスの試合で優勝した他の課の青年との恋愛沙汰が広まっていた。

その先輩の結婚話で盛り上がった席で、誰かが言った。

「で、麻生君はどうなの？　花菜子さんと。似合ってるよ」

麻生君は、困った顔をして俯いてしまった。やおら、頭を掻きながら、

「しのぶれど　色にいでにけり　わが恋は

物や思ふと　人のとふまで」

百人一首から、平兼盛の和歌を持ち出した麻生君に、みんな、大喝采であった。

「やはり、ひと色違うね、麻生君は」

みんながさんざめくなか、女々しい人だと花菜子の瞳に映った。


岡野さんは捲し立てた。

「これが、花菜さんに言いたかったこと」

と、言わんばかりに、語気を強めて言った。

「花菜さん。あなた、亮さんで良かったわよ。麻生さんと結婚しなくて、花菜さん、本当に良かった」

彼は、社長就任後、古巣を来訪した。

頂点に至るまで、どれだけの修羅場を潜り抜けたのかと思わせる傷痕が、顔面に現れていたという。社長の風格と言うべきか、高慢とも取れる彼は、見紛うほどに変わっていたそうだ。

たとえ花菜子が人を殺めたとしても亮は赦すだろうと、確信に満ちて、そう思う。もちろん、そんなことを口に出して訊ねたことはないけれど、花菜子には分かっている。

婚約した次の日、亮は白くて真新しい、鼻先の長いセリカに乗ってやって来た。

助手席に乗せていたのは、大きな花束だった。

「薔薇の良いのがなくて。カサブランカ、好きだって聞いたから」

確かに亮が薔薇の花束を抱えた図は、似合わないと花菜子は思う。

地味である。己をひけらかす派手さがない。花も、小菊や百合の類いであった。

〇月〇日

「あなたがお休みだったから、出さずに待っていたの」

必ず、休み明けに言われる言葉だった。

冬場は洗濯物の量が嵩高くなる。家族たちが持ち込んでくる、暖かそうなボア付きの上着であったり、膝掛け、毛布、セーターなどである。

俄然、手洗いの時間が増えた。入浴の時間が終わり、風呂場の残り湯で押し洗いしながら、母の手によく似ていると、つい思ってしまう。

いつも女らしくない大きな手だと、恥じて隠すようにしていた母である。指先も長かった。花菜子の掌を眺めながら、

「あなたは、食べることに事欠かない手相をしていて良かった」

と、言った。

「指先の節々が、俵型なのがとても良いのよ」

母は、嬉しそうに言った。

重ねた掌は、福福しくて柔らかく温かであった。

よくよく思い起こしてみれば、母の実家の前には、大店の食料品・雑貨を商う店があった。

花菜子は、祖母や伯父たちからもらった硬貨を握り締めて、駄菓子をよく買いに行った。

店先には子供が喜びそうな飴、ぼうろ、煎餅など大きな広口のガラス瓶に入れ並べられていた。そして、一家が転居するたびに、住まいの前や横の近所には、必ず食料品店があった。

そして、花菜子は、戦後、物資もなく、食料に事欠く時代に誕生したのにも拘らず、健康で玉のような赤子であった。

母が、大事にしていた写真のなかに、村の赤ちゃん大会で、花菜子が三等賞に選ばれたときの記念写真があった。もう既に茶色に変色していたが、五人の子らが、椅子に座った母親に抱かれて、むっちりとした手足、大福のような顔で神妙に写っている。母親の足元には、それぞれ賞品が置かれてあった。一等賞の足元にあったのは、木製の手押し車だった。手で握り、押して歩くと、カタカタと音をたてて、それぞれ牛と鶏、猿が描かれた札は、木製の車輪が回転すると同時に、上下に動く仕組みになっていた。二等賞、三等賞は、セルロイドで作られた、起き上がり小法師人形で、どんなに倒しても直ぐに起き上がるように、底におもりが入れてあった。目は大きく、丸い球状の頭も胴体部分も、色鮮やかに赤やピンク、黄色などで彩られていた。当時、乳児たちの玩具が少なかったため、それは、従兄弟や姉妹たちの格好のおもちゃとなった。足で蹴られ踏まれて、形が変わっても花菜子は抱え込んで手放そうとはしなかった。それをなくしたのは、父の通勤のため、駅近くに転居したときであったろうか。あれほど大事にしていた、起き上がり小法師人形が、なくなった哀しみの記憶がないのである。思い返してみると、山里を下りて転居した駅近くの家は、母の実家と比べ、二階はないが、恐ろしく広い平屋で、子供たちのかくれんぼ遊びに格好の庭と林があった。何よりも花菜子を虜にし、劇的に花菜子の世界観を変えたのが、お寺が経営する幼稚園に通うことになったことである。蹴られ踏まれた起き上がり小法師人形はなくても、園にはシーソーやブランコがあった。何より嬉しかったのは、お絵描き道具をもらい、初めてクレヨンで絵が描けたことであった。お絵描き道具はスケッチブックと一緒に入っていた。そして、母は四季折々庭に咲いた花を切り花にして園へと持たせてくれた。母の思い出と共に、薄蒼いラベンダー色をした矢車草の、ほの甘い香りは忘れられぬ思い出の一齣《こま》である。

## 豆まき

如月　某日

「明日は豆まきをします」と、聞いていた。節分であった。

浴場はガランとして、人気も照明もなく暗かった。たまらなくひっそりと静かである。

洗濯機が回り、乾燥機に仕上がり衣類を入れると、またいつもの賑やかな回転音が響いた。

「櫻井さん、助けてください」

原田君たち、介護士スタッフの面々が雪崩れ込むように駆け込んできた。

頭には角、手にはダンボールで作った鬼の金棒を持ち、赤鬼の衣装であり、片や白い衣装の福の神やら、お多福さんである。

ぶつけられても痛くないように、新聞紙を丸めて作られた「豆」を、これでもかと言わんばかり浴びせられ、ひょうきんな仕草で、

「参りました、降参です」と、鬼役の原田君が言うと、皆、大爆笑であった。

節分の日、いつも父は枡に盛った豆を神棚にお供えし、拍手を打ってから恭しく下ろし、豆まきをした。子供たちも、父の後に倣った。家中の戸、窓を開け、

「鬼は外、福は内」

と、大きな声で、外へと、豆を放つのである。

二月のひんやりした夜気は肌を刺すように冷たかったけれど、清々しいと子供心に思った。

その翌日は、立春である。朝一に汲み出した水を硯に浸し、墨をすり下ろした父は、巻紙に大きく「立春大吉」と大筆でしたため、玄関にそれを掛け飾った。子供たちにも半紙を与えて、それぞれが書いたものを、勉強机の前の壁に貼らせた。そして、神棚に拍手を打ち、「家内一同、無病息災、この一年、良き年でありますように」と、唱えた。

父は、未だに丁髷を頭に乗せたような人であった。時代が変わったのだからと、家を出れば、立ち居振る舞いには、気を配る人であったが、母と一緒にいるときなどは、気まま

で古風な父であった。食事のときもそうである。ご飯のお代わりするとき、母に飯碗を差し出して、「ほんの、ちょぼと、くだされ」と言う。

母も、心得たもので、「承知仕りました」と、にこやかに笑顔で返していた。

てのひらに　豆深盛りし　春立ちぬ

明け仄は福　鬼は西へと

# 再びの春

## 雛飾り

弥生　某日

弥生月、エントランスの真正面に鮮やかな緋毛氈が敷かれた、雛壇が飾られた。来苑の人々は、雛壇の前でしばらく足を止め、家族写真を撮ったり、和やかな佇まいである。家族たちが訪れ、束の間の団欒であり、健やかであることを確かめ、喜び合う表情は明るい。未だ固いつぼみの桃の花と早咲きの菜の花が、ロビーに華やかで春めいた雰囲気を醸し出していた。

ひな飾り　篤き想いの　緋毛氈
姫のかんばせ　亡き母に似て

母は、花嫁道具だからと、花菜子に段飾りの雛を持たせてくれた。それは法外に大きくて、亮も驚いたらしい。

母を想う。

異国の地で父と結婚すると決めた時、父方の家族、親戚たちが異を唱えた。

「どこの馬の骨とも分からぬ女と」と、猛反対を受けた。

母から聞いたわけではない。後々、法事に連れられてお寺へ行った時のことである。幼かった花菜子は、広くて見事な石庭の回廊をはしゃいで、駆け回ってしまった。

叔父たちは笑顔であったが、伯母は、「母親に似てるわね」

と、棘のある物言いであった。

母は花菜子に、嫁ぎ先で肩身の狭い思いをさせまいとして、見栄を張った。

人生のつらさ、酸いも甘いも嚙み分けて、ひたすら愛情を込め、子を思い育んでくれた父も母も共に既に菩提寺に安らいでいる。

けれど、花菜子は身近に、「私と一緒に生きている、父と母」を感じている。

この世に生まれ落ちてから、両親の庇護のもと、ぬくぬくと布団に包まっているかのように、不安という、恐れも感じることなく、生きてこられた花菜子である。「親は、絶対に死んだりはしないもの」と、信じて疑わなかった。現実に打ちのめされた時、支えてくれた人、亮がいた。

## 桜花爛漫として

卯月　某日

今日は、最後の出勤日だった。いつもと変わらず、大量の洗濯物と格闘した。エントランスの真正面には、雛飾りに代わって、大きな鉢に満開の桜の切り枝がたわわに活け込まれていた。春である。

父を想う。

書家でもあり、画家でもあった父は雅号を「龍春」と号した。辰年の四月生まれで、親がその名を命名するはずであったと聞いた。母親が役者のような派手な名を嫌い、平凡なうちにも幸せな人生であって欲しいと、結局は親の名、「正太郎」の後継ぎということで「正次」となった。

元々、祖父・正太郎は、九州、福岡県京都郡の錦原（今の豊津）近辺で炭鉱所を経営していた。在所小倉、小笠原藩の末裔であった。明治維新で小笠原藩、小倉城が落ちたあと、一族とも雪崩打つように、生き延びる手立てとして、石炭が眠るこの地へと移り、炭鉱を生業としたのである。

正太郎の命を受けて、父・正次は、販路を拡大し、支店を構えるため、満州へと渡った。学生時代には、一年休学をしたこともあった。敏捷性もあり、堂々とした体格であったので、柔道を部活に選んだ正次は、受け身を取り損なって、外傷性の肋膜を患ったのだ。祖母は甚く心配をして、精神が病むことのないように、療養の間、書と絵を描くことを勧めた。正次は穏やかで気配りの細やかな、心温かな人柄であった。泥棒を退散させるほどの武勇伝を持ち、統率力もあり、女丈夫であった母とは似てはいなかった。

祖母は、父・正次を目に入れても痛くないほどに可愛がっていたと聞く。後にこの祖母が、癌を患い死線を彷徨ったときも、正次の名を呼び、その行く末を案じていたと言う。

祖母が、療養時代の父に書と絵を描くことを指南したことで、それは、生涯の友となり、糧ともなった。

父は、花菜子が結婚式に旅立つ前夜、只管打座、ただひたすらに座禅を組み、面壁九年で悟りを開いたという達磨大師を墨絵で認めた短冊と、美しい春の情景のなかに番《つがい》の鶴を描いた色紙を贈ってくれた。そして、「重たくて、荷物になるだろうけど、これを持って行きなさい」。

差し出されたものは、新刊の『広辞苑』と『漢和辞典』の二冊であった。

普段から、「分からないことがあれば、すぐに辞書を引きなさい」と言う父であった。結婚した後も一生学ぶ気概を、かくあれかしと望んだ父である。

花菜子は、小学二年生のとき、おたふく風邪を引いてしまった。病名のような、可愛いお多福さん顔ではなく、醜く、首筋から耳、咽喉元にかけて、膨れて腫れ上がっていた。砂袋を抱えているかのように重く、高熱のため意識を失ってしまった。快復した後で中耳炎を患い、それは長きにわたって花菜子を悩ませた。学校帰りに遊び友達と別れ、病院通いは煩わしいものであった。

受験期の高校三年のとき、主治医から手術を受けるよう、母に連絡が入った。

「大事な部位ですから。お嬢様の場合、このままでは根治は難しい。大学病院の竹内先生に紹介状を出しておきますから、手術をお受けください」

母は、二時間程度で終わりますと聞いていた。しかし、実際の手術は五時間を超えた。全身麻酔されながらも、身体は、硬直していたが、頭蓋骨を、鑿と金鎚で削られるような音が響くのを、他人事であるかのように体感した。


結局、花菜子は受験期の大事な夏休みを棒に振ってしまった。進学組の友とは、なんとなく距離ができてしまった。それも仕方のないことだと、受験を諦めたとき、父は言った。

「学校に行くばかりが勉強ではない。学ぶ姿勢が大事なのだ。人生一生勉強なのだから。学ぶチャンスは幾らでもある」

この言葉は、大地に水が深く染み入るように、花菜子の心に刻まれ、宿った。

父から贈られた、達磨大師が描かれた短冊には、

「鐘なりて　面壁九年の　年が去り」

と、流れるような筆致で認められている。

「面壁九年」で悟りを開いた達磨大師は、六世紀ごろ、中国の梁、武帝の尊崇を受け、禅宗の開祖となった人である。少林寺で壁に向かい、ただひたすらに座禅を組むことで心を澄まし、精神の安定と統一をはかり、宗教的叡智に達する偉業を成し遂げた。父は、いたくこの達磨大師に心酔していた。

嫁ぎゆく、結婚式前夜の娘への祝いの句にしてはと、花菜子は不思議に思ったものである。短冊は、長らく花嫁簞笥の引き出しにしまい込んでいた。

温もりのある、肉筆の短冊を手に取り、花菜子は腑に落ちたのは、父が亡くなった後である。

母から、父が入院したと知らせが入った。急ぎ、見舞いに駆けつけた花菜子に、父は言った。

「花菜、夢を持つのだよ。夢は、現実のものとするためにあるのだから」

さらに父は言った。

「現実にするためには、途方もない時間、年月も掛かるだろう。それに、弛まぬ努力も必要だ。花菜の人生が、悔いなく佳いものであって欲しい」

花菜子は父の夢は何だったのか尋ねたかったけれど、糊が利いた、白布のようなシーツの上に横たわる父を前にして、言葉にならなかった。

父は、死に瀕しても、娘が夢を現実のものとして、幸福な人生を送ることを望んでいた。穏やかな、いつもの笑顔であった。

花菜子は、あの真夏日、十八の歳、想い描いた夢への地図を、今、鮮やかに思い起こすことができた。

父の言葉通り、夢を現実のものとするため、今、飛翔せねばならないと、固く心に刻んだのである。

最後の仕事を終えた。ロッカールームへと繋がる職員専用のこの階段を、幾度上り、下りたことだろう。ロビーに活け込まれた満開の、ほの甘い桜の香りが立ち昇ってくるようだった。

もう、ロッカーの鍵は挿し入れたままでよかった。ピンクのエプロンを畳んで棚に置いた。

そして、今、通用門へと至る照明に照らされた細い小路を歩いている。

もう既に、亮が迎えに、家を出ていることだろう。

花菜子の望みを、ひたすら受け入れ赦してくれる亮である。

門扉のドアノブの鍵穴にキイを挿し込み、扉を開ければ、車の窓からいつもの少年のような笑顔を見せ、亮が待っているに違いない。花菜子の父を遥かに凌駕した亮が。

ひんやりとしたドアノブに触れたとき、花菜子は、心の底から亮を愛しいと思った。

扉を開けた瞬間、羽音がした。

彼の地、碧天を舞った鶴のように、羽音を立て飛び発つのだ。今、その時が来た。

鍋鶴の　旅発ちたるや　番にて
　天下の空を　我がものとして

# あとがき

この起点は同期の友に依るものでした。

紆余曲折ありましたが、文芸社の横山氏の「もっと自信を持ってください」の言葉に背中を押されて上梓となりました。これは、仕事を抱え、子育ても儘ならなかった私からの娘たちへの詫び状であり、応援歌でもあります。

上梓にあたり、携わっていただきました関係者各位に、心より感謝申し上げます。

そして初版を待ち侘びてくれた友に感謝を込めて捧げます。

**著者プロフィール**
**岡本 眞理**（おかもと まり）
北九州市在住。
北九州市立大学大学院修了。

## 鶴と発《た》つ

2024年11月15日　初版第１刷発行

著　者　岡本 眞理
発行者　瓜谷 綱延
発行所　株式会社文芸社
〒160-0022　東京都新宿区新宿1－10－1
電話　03-5369-3060（代表）
03-5369-2299（販売）

印刷所　TOPPANクロレ株式会社


ISBN978-4-286-25534-7